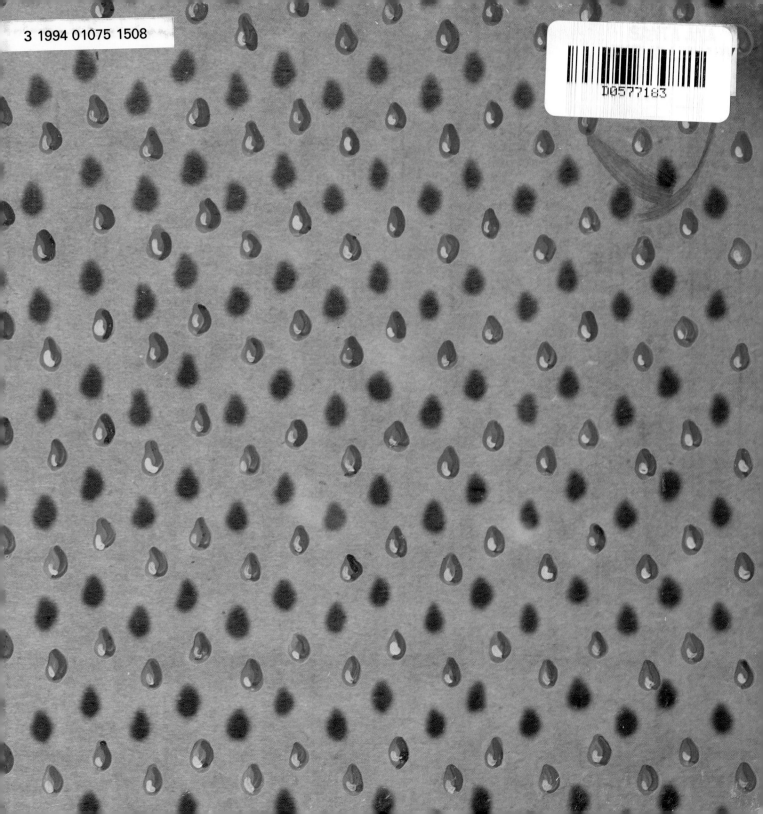

LOS ESPECIALES DE
A la orilla del viento

FONDO DE CULTURA ECONÓMICA
MÉXICO

Premio A la orilla del viento 1993

Primera edición (empastada): 1994
Segunda edición (rústica): 1996
Segunda reimpresión (empastada): 1997

Coordinador de la colección: Daniel Goldin
Diseño: Joaquín Sierra Escalante
Dirección artística: Mauricio Gómez Morín
Fotografía: Adrián Bodek

ISBN 968-16-4572-3 (primera edición empastada)
ISBN 968-16-5016-6 (segunda edición en rústica)

Impreso en Colombia

Manuela
color canela

texto de
Elena Dreser

ilustraciones de
Marisol Fernández

MANUELA tiene la piel color abeja, color ardilla, color alondra. Todos los días toma y toma Sol, porque le gusta verse color caramelo, color cacao, color canela.

Alguien le dijo que los rayos del Sol vuelven a las Manuelas color dorado, color dulce, color dátil. Y como ella lo que más desea es lucir color chinchilla, color chocolate, color chirimía; toma y toma Sol.

Pero hay una nube color sal, color suero, color sacarina, que está celosa de Manuela por su color guitarra, color galleta, color garapiñada; y siempre le tapa el Sol.

—¡Quítate de ahí! —le dice Manuela—. ¿No ves que quiero tostarme de color miel, color maní, color mamey?

—Pero si ya tienes color esponja, color escoba, color espiga —le contesta la nube—. En cambio yo todo el día estoy bajo el Sol, y sigo con mi color nata, color nevado, color neblina.

—No hagas berrinche, nube —le dijo Manuela una tarde—. Ya tendrás color faisán, color flor, color frambuesa.

—¿Cuándo? —preguntó la nube—.
No veo que me cambie este color vaho,
color viento, color vapor.

—Muy pronto —le contestó
Manuela—, cuando recuerdes que eres
agua y que te necesitan sobre la tierra.
Entonces vas a convertirte en lluvia.
Dejarás ese color iris, color invierno,

color iglú. Lavarás los árboles y los techos. Abrirás caminos entre las piedras y los zurcos. Y aunque no lo creas, nube, lucirás color zanahoria, color zapote, color zarzamora. También correrás por los canales, los arroyos y los ríos. Pero donde te detengas adoptarás color hierba,

color hoja, color higo. Una parte de ti seguirá hasta el mar. Al acercarte cambiarás por color junco, color jade, color jaiba.

—¡Gracias! —dijo la nube, y destapó al Sol para ir al encuentro de un nubarrón solitario que andaba por allí. Un nubarrón color pájaro, color piedra, color piñón.

Manuela ronroneó como un gato al sentir el delicioso calor del Sol. Por fin su piel sería color tronco, color trigo, color tambor.

Pero entonces se oyó un trueno. El Sol se escondió y el aire se puso en movimiento. La tarde refrescó.

Manuela tuvo que entrar a la casa y conformarse con su color raíz, color rama, color rafia.

Se asomó por la ventana de su cuarto. Vio cómo caían, una a una, las gotas de color lágrima, color lago, color limonada. El agua corría por el jardín. Se alegraban las flores y las frutas de los árboles. Todo era animación.

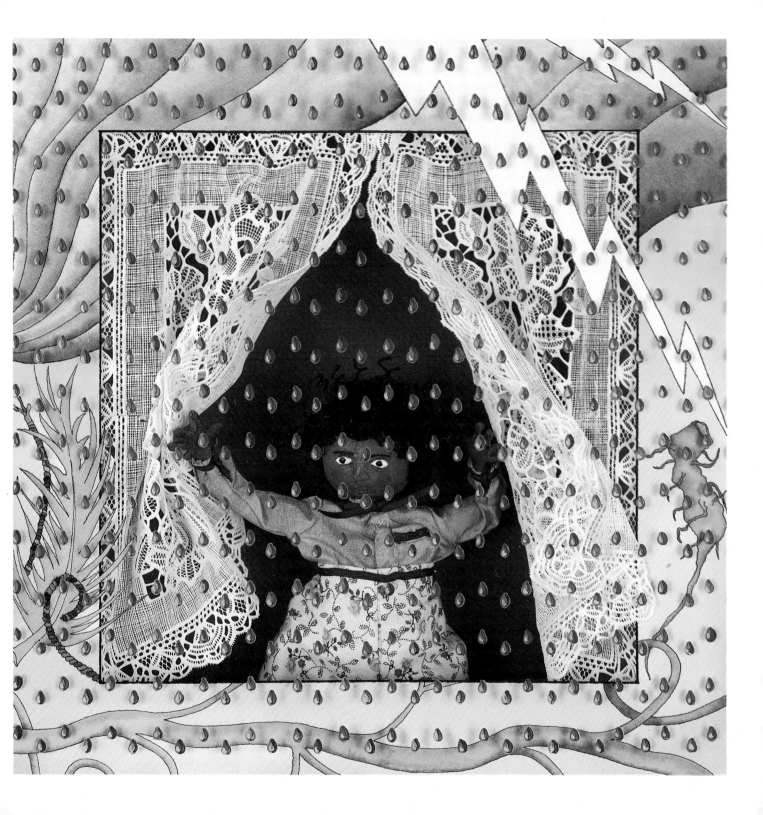

Las gotas rodaban y rodaban hasta llegar al huerto. Allí se mezclaban con la tierra. Muchas se convertían en color barro, color brote, color bosque. Otras seguían apresuradas hasta entrar por la acequia de riego.

Manuela agitó su mano para despedirlas. Supo que algunas iban a ser color uva, color umbela, color urraca.

Imaginó la felicidad del agua al transformarse en color orégano, color olivo, color orquídea. Y Manuela ya no se enojó porque tampoco esa tarde iba a tomar el Sol.

Al fin que ella tenía la piel color abeja, color ardilla, color alondra; y cualquier otra tarde podía tomar Sol para obtener un precioso color caramelo, color cacao, color canela.

Manuela color canela
se imprimió en
Panamericana, Formas e Impresos, S.A.
Calle 65, núm. 94-72, Santafé de Bogotá, Colombia
Tiraje 10 000 ejemplares

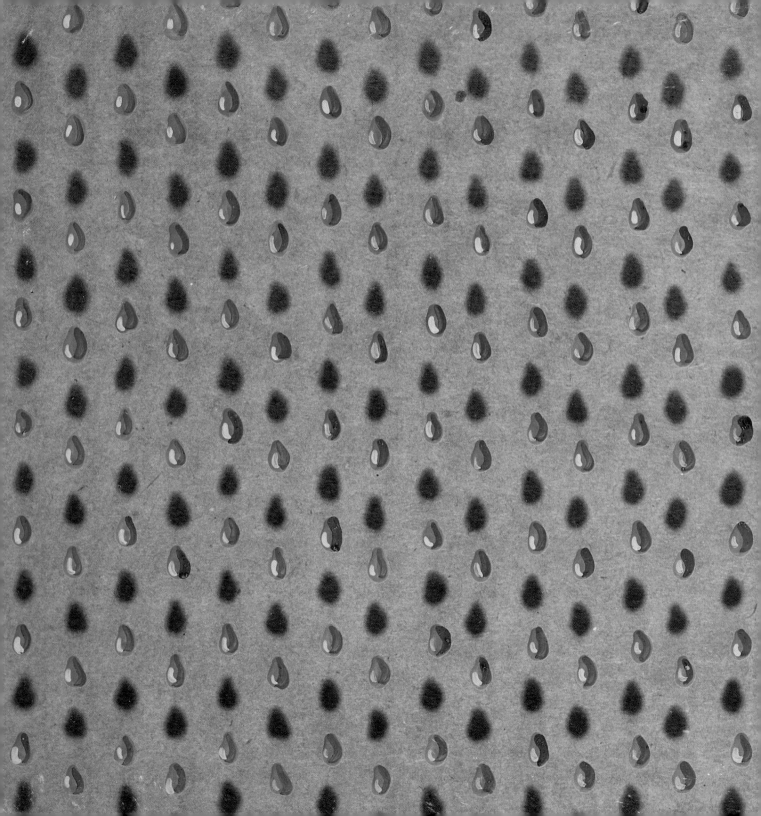